Las cuatro estaciones

Estamos en otoño

Celeste Bishop

traducido por
Eida de la Vega

ilustrado por
Aurora Aguilera

PowerKiDS
press.

Nueva York

Published in 2017 by The Rosen Publishing Group, Inc.
29 East 21st Street, New York, NY 10010

First Edition

Managing Editor: Nathalie Beullens-Maoui
Editor: Katie Kawa
Book Design: Michael Flynn
Spanish Translator: Eida de la Vega
Illustrator: Aurora Aguilera

Cataloging-in-Publication Data

Names: Bishop, Celeste.
Title: Estamos en otoño / Celeste Bishop, translated by Eida de la Vega.
Description: New York : Powerkids Press, 2016. | Series: Las cuatro estaciones | Includes index.
Identifiers: ISBN 9781508151951 (pbk.) | ISBN 9781508151975 (library bound) | ISBN 9781508151968 (6 pack)
Subjects: LCSH: Autumn–Juvenile literature.
Classification: LCC QB637.7 B57 2016 | DDC 508.2–dc23

Manufactured in the United States of America

CPSIA Compliance Information: Batch #BS16PK: For Further Information contact Rosen Publishing, New York, New York at 1-800-237-9932

Contenido

Hoy me voy a poner
mi suéter preferido.
Ha llegado el otoño.

En el otoño hace fresco.
Los días también se hacen
más cortos.

El otoño es la época de volver
a la escuela.

Mi hermano y mi hermana
hacen nuevos amigos.

En otoño, las hojas cambian de color.

Las hojas son rojas, amarillas, anaranjadas y marrones.

Las hojas se caen de los árboles.

Rastrillamos montones de hojas.

¡Soy el primero en saltar sobre ellas!

Recogemos manzanas en el otoño. Las manzanas son dulces y crujientes.

Vamos a visitar una granja de calabazas.

Hay calabazas grandes y pequeñas.

¡Es hora de pasear en una carreta de heno! Un caballo grande tira de la carreta.

Por fin llega Halloween.

Me disfrazo de monstruo.

¡Hasta mi hermano se asusta!

El otoño es la mejor época del año.
¡No quiero que termine nunca!

Títulos de la serie

Estamos en invierno

Estamos en otoño

Estamos en primavera

Estamos en verano

PowerKiDS
press

ISBN: 978-1-5081-5195-1
6-pack ISBN: 978-1-5081-5196-8

9 781508 151951